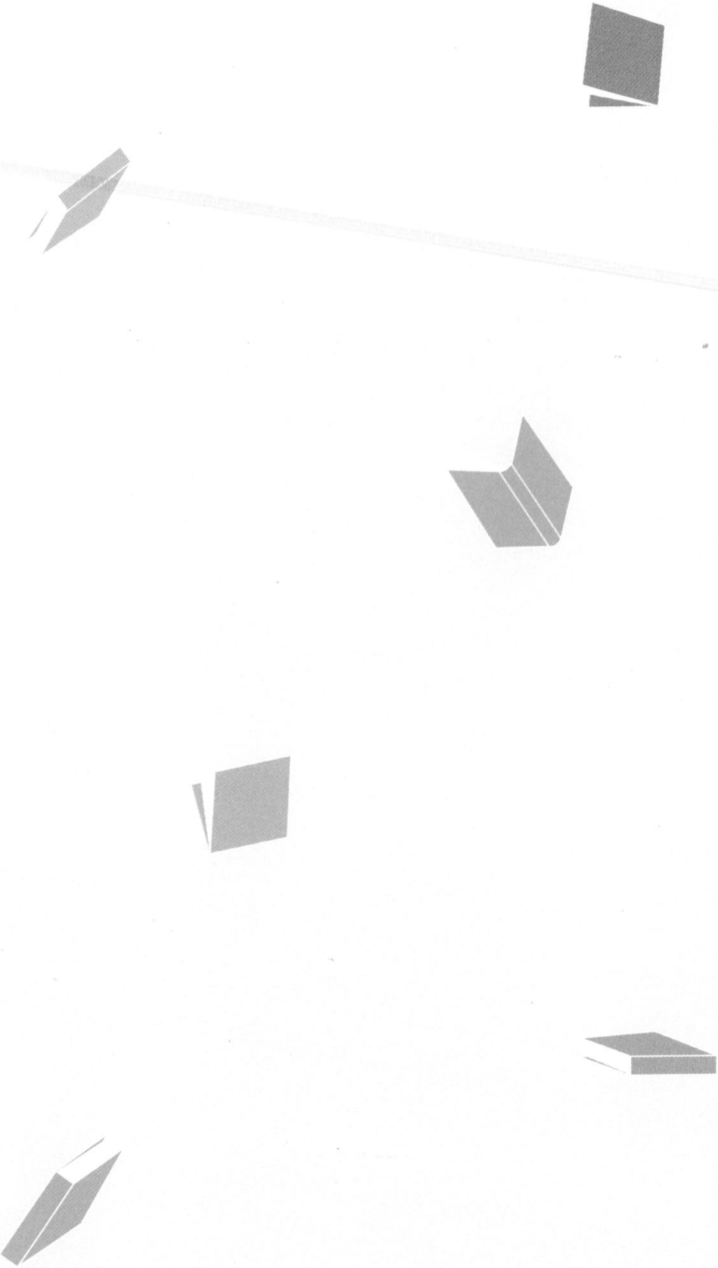

閱讀123

國家圖書館出版品預行編目資料

小火龍上學記／哲也　文；水腦　圖
-- 第二版. -- 臺北市：親子天下, 2018.01
128 面； 14.8x21公分. --（閱讀123）
ISBN 978-986-95491-7-2（平裝）

閱讀 123 系列 —— 059

小火龍系列 6

小火龍上學記

作者｜哲也
繪者｜水腦

責任編輯｜黃雅妮
美術設計｜林家蓁
行銷企劃｜王予農、林思妤

天下雜誌群創辦人｜殷允芃
董事長兼執行長｜何琦瑜
兒童產品事業群
副總經理｜林彥傑
總編輯｜林欣靜
主編｜陳毓書
版權主任｜何晨瑋、黃微真

出版者｜親子天下股份有限公司
地址｜台北市 104 建國北路一段 96 號 4 樓
電話｜（02）2509-2800　傳真｜（02）2509-2462
網址｜www.parenting.com.tw
讀者服務專線｜（02）2662-0332　週一～週五：09:00~17:30
讀者服務傳真｜（02）2662-6048　客服信箱｜parenting@cw.com.tw
法律顧問｜台英國際商務法律事務所・羅明通律師
製版印刷｜中原造像股份有限公司
總經銷｜大和圖書有限公司　電話：（02）8990-2588

出版日期｜2015 年 8 月第一版第一次印行
2022 年 9 月第二版第二十一次印行
定價｜260 元　書號｜BKKCD098P
ISBN｜978-986-95491-7-2（平裝）

訂購服務
親子天下 Shopping｜shopping.parenting.com.tw
海外・大量訂購｜parenting@cw.com.tw
書香花園｜台北市建國北路二段 6 巷 11 號　電話（02）2506-1635
劃撥帳號｜50331356　親子天下股份有限公司

小火龍上學記

文 哲也
圖 水腦

目錄

火龍日報

號外！大消息！

頭條新聞

第一屆「小火龍知識王」問答比賽結果揭曉，作家哲也全部答對獲得冠軍！

以下是比賽實況：

主持人：「請問《小火龍上學記》是小火龍系列的第幾集？」

哲　也：「第六集！」

主持人：「答對了！」

「第二題，請問小火龍是誰？」

哲　也：「這一題讀者常常搞錯，大家要注意聽喔！從第一集到第四集的小火龍是火龍哥哥，第五集以後的小火龍，都是火龍妹妹！」

主持人：「答對了！」

主持人：「請問哲也兩個字共有幾劃？」

哲　也：「13劃！」

主持人：「答對了，真不愧是學問淵博的作者，請登上衛冕者寶座。」

哲　也：「什麼？總共只有三題嗎？」

主持人：「答對了！」

生活專欄

家有小一新生，照片大募集！

邀請龍家庭們分享家有寶貝小一新生的生活趣事。

▲「火龍一家」合照

小火龍要上學了！

地方新聞

聽說小火龍（火龍家的妹妹）最近即將入學，火龍家附近的小學如臨大敵，準備了大量滅火器，消防隊也全部進駐校園，但是到傍晚放學為止，還沒看見小火龍出現。

▲校長接受訪問（圖片提供：火龍國小）

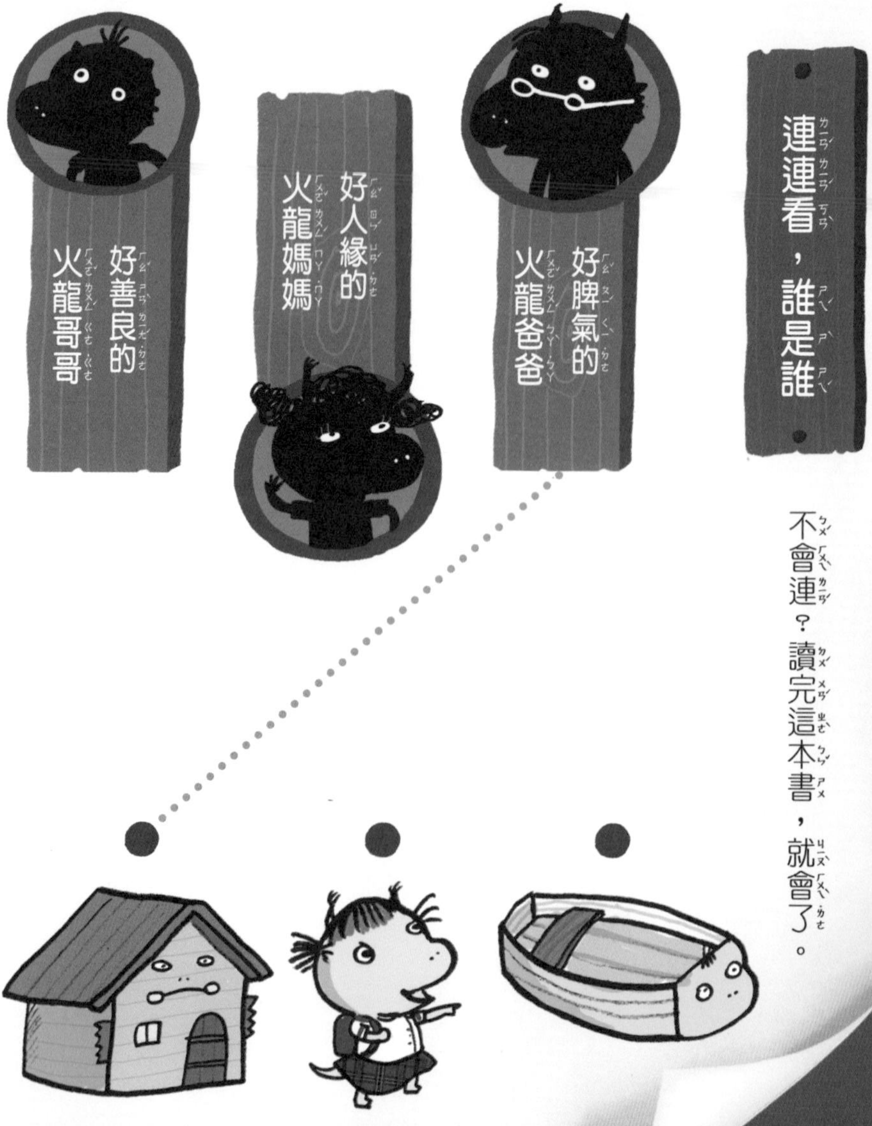

不會連？讀完這本書，就會了。

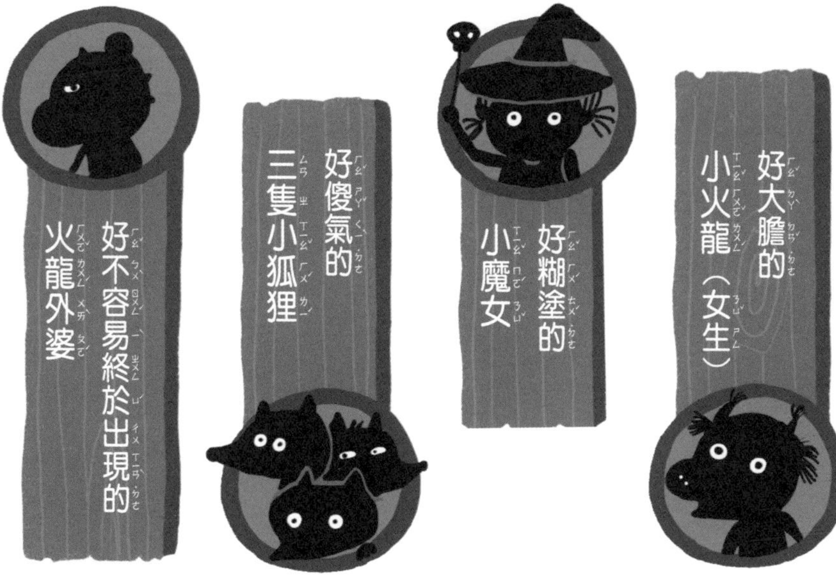
好大膽的小火龍（女生）
好糊塗的小魔女
好傻氣的三隻小狐狸
好不容易終於出現的火龍外婆

1. 真的放心讓她自己去上學嗎

睡得再久的公主，還是有醒來的一天，

跑得再慢的烏龜，還是有到達終點的一刻，

藏得再好的寶藏，有一天還是會被找到。

再不想笑的國王，最後還是忍不住笑出來了，

玩得再開心的暑假，最後還是要寫暑假作業，

再不想分開的玩伴，最後還是要各自回家吃飯，

再捨不得看完的故事書，最後還是會翻到最後一頁，

再不想上學的小火龍，最後還是會遇到開學的那一天。

「為什麼！」小火龍哭得一把眼淚一把鼻涕。

「為什麼我要上學？」

「因為每個小孩長大都要去上學啊！」火龍媽媽一邊在廚房揉麵團，一邊說。

「哥哥就沒上學！」妹妹喊。

「那是因為學校被他燒掉了啊。」

火龍爸爸嘆了口氣，一邊攪拌著番茄醬。

火龍哥哥紅著臉，輕輕朝爐子裡吹一口氣。

轟！火爐裡的木柴點著了，熱度剛剛好。

「現在你倒是很會控制噴火的力道了嘛！」爸爸點點頭，把番茄醬塗在媽媽做好的餅皮上，撒上乳酪、橄欖和迷迭香，放進爐子裡烤。

「因為被退學以後，我自己練習了很久啊。」哥哥說。

「我知道。」爸爸拍拍哥哥的肩膀。「在家自己學也行，不過有時候就是會比較辛苦。」

「我不怕辛苦！」妹妹說：「我可以自己學，而且我早就已經會噴火了啊！你們看！」

妹妹對著火爐深深吸一口氣……

轟！

「這樣不算會噴火。」爸爸打開電風扇，吹散廚房裡的濃煙，拿出毛巾，把大家黑漆漆的臉抹乾淨。「要知道什麼時候該噴火，該噴多少火就能噴多少火，那才是厲害。」

「而且學校教的事情可多了，又不只是噴火。」媽媽說。

「還有什麼？」

「還會教你怎麼飛。」

「真的？」妹妹眼睛張得好大。

「當然。」

妹妹最想學的就是飛行了。

「可是我不要你們送我去學校喔，我要自己去，不然我就不去了。」她說。

「為什麼？」

「因為我已經長大了，不需要人送了。」

「好吧，我答應你，反正我幫你找的這所學校很近。」媽媽伸出小指頭和妹妹打勾勾，然後把爐子裡的披薩托出來。

啊，好香。

好香的燒焦味。

「今天晚上還是出去吃吧。」爸爸手插著腰，看著被妹妹烤成黑炭的披薩說。

「可是我想吃披薩。」妹妹眼眶又紅了。「你們不是說要慶祝我明天開學，所以才做披薩給我吃的嗎？沒有披薩我就不上學了。」

「好吧。」媽媽打開冰箱。

「冰箱裡還有一些上次用剩的餅皮，可是已經放了兩個星期了，不曉得還能不能吃……，妹妹，你鼻子最靈，來聞一聞。」

妹妹把鼻頭湊過來聞一聞。

「還可以吃呀！」妹妹說。

「那你明天要乖乖去上學喔。」爸爸把餅皮塗上番茄醬，撒上橄欖和迷迭香。可是沒有乳酪了。

「冰箱角落裡還有一小塊乳酪。」媽媽探頭到冰箱裡。「可是已經放兩年了。」

媽媽把乳酪拿給妹妹聞一聞。

「還可以吃呀！」妹妹說。

撒了過期乳酪的過期餅皮放進烤爐裡，烤出來的披薩還是香噴噴。

火龍哥哥把披薩端上桌，點上蠟燭，為每個人倒了一杯橘子汁。然後把杯子舉起來說：

「讓我們來慶祝妹妹明天終於要上學了！」

「等一下！」媽媽喊：「你剛剛倒的是不是那瓶在冰箱角落放了三年的橘子汁？」

「是啊。」

妹妹把橘子汁端起來聞了聞。

「還可以喝啊！」妹妹說。

「好！那我們舉杯！恭喜妹妹！」大家把杯子舉起來。

「乾杯！」

第二天早上……。

火龍妹妹起床，揉揉眼睛，東看看西看看，全家人都不見了。

「爸爸？」她推開浴室門。

爸爸抱著肚子坐在馬桶上。

「媽媽？」她推開第二間浴室門。

媽媽抱著肚子坐在馬桶上。

「哥哥？」她推開第三間浴室門。

哥哥也抱著肚子坐在馬桶上。

「你們到底是怎麼了啊？」妹妹說。

「拉肚子啊！」爸爸、媽媽和哥哥一起在馬桶上大喊：「還不都你害的！」

「嘖。你們的身體不太好喔，平常要多運動才行。」妹妹說：「那我要去上學囉。」

「你的書包！」哥哥喊。

「喔，對了。」妹妹背起書包。

「那我走囉！」

「你的早餐！」媽媽喊。

「喔，對了。」妹妹把三明治塞進書包裡。

「那我走囉！」

「你知道怎麼去嗎？」爸爸喊。

「喔，對了。學校在哪裡？」妹妹問。

「書桌上有一張到學校的地圖。」媽媽喊。「照著走就行了。」

「有！拿到了！」妹妹把地圖塞進書包裡。「那我走囉，拜拜！」

碰。
妹妹出門了。

過了好一會兒，爸爸、媽媽和哥哥才虛弱的搖搖晃晃走出浴室。

「為什麼大家都吃了披薩，只有她沒事？」爸爸說。

「這孩子的腸胃不知道是什麼做的。」媽媽搖搖頭。「我記得她三歲的時候吃到有毒的蘑菇，也是沒事。」

「不過，你真的放心第一天就讓她自己去上學嗎？」爸爸問。

「反正學校很近，」媽媽說，走到書桌旁。

「咦，她怎麼沒把地圖帶走？」

「糟了，」爸爸摀住額頭。

「去外婆家的地圖怎麼不見了？」

「什麼？」

「我昨天計畫家庭旅遊時，把去你媽媽家的地圖也放在桌上。」

「所以妹妹帶走的是……。」

2. 不是說學校很近嗎

走啊走，向前走，去學校，交朋友，
媽媽說，很近的，一下子，就到了……。

綠油油的大草原上，小火龍一邊哼著自己編的歌，一邊往前走，但是走了半個小時以後，四周的景色越走越荒涼。

小火龍停下腳步，拿出地圖。

「奇怪，怎麼還沒到？媽媽不是說學校很近嗎？」

路邊的草叢裡，躲著三隻小狐狸。

「你們看，一隻落單的小狗！」

「太好了，小狗很弱，我們終於找到可以欺負的人了。」

「我們終於可以當壞人了！」

第一隻小狐狸把第二隻小狐狸背起來，第二隻小狐狸再把第三隻小狐狸背起來，然後第三隻小狐狸唸了一串咒語：

「咻哩哩，咻嚕嚕，咻溜溜！」

砰！冒出一陣煙，三隻小狐狸變成一隻戴墨鏡的大老虎。

老虎大吼一聲，跳到小火龍面前。「喂！站住！」

小火龍抬起頭。「啊，出現了一個好心人，我可以問路了！」

「什麼好心人？我是壞人！」老虎說。

「壞人先生，請問去學校要怎麼走？」小火龍把地圖交給大老虎。

大老虎脫下墨鏡，仔細瞧。

「往前走到河邊，過橋以後再走到山邊，穿過森林，再走到海邊，海邊有一艘船，搭船出海，來到小島邊……。」

「這麼遠啊？」小火龍嘆了口氣。

「等一下，我為什麼要幫你？」老虎突然想到。「我是壞人耶！」

「哪裡壞？」

啪，老虎扯斷路邊的一朵花。

「你看，我隨便攀折花木，很壞吧？嘿嘿嘿。」老虎說。

「我也會。」小火龍尾巴用力一掃，一大片花海應聲倒地。

「我也很壞，嘿嘿嘿。」

「我才是壞人！」老虎大吼一聲。「不可以和我搶。」

「你哪裡壞？」

「你看，我會隨便打人。」

叩，老虎掄起拳頭，往小火龍頭上敲下去。

「嗚……，好痛……。」

老虎抱著拳頭在地上打滾。

「對不起，我的頭很硬。」小火龍蹲下來安慰他。

「你不用安慰我！」

老虎大吼一聲。「我是壞人。」

「你到底哪裡壞？」

「我很壞！我……，我會隨地吐痰，你看！」

呸，老虎往地上吐了一口口水。

「那我也試試看。」

噗，噗，噗，小火龍吐不出口水。

「哈哈，我贏了！我是壞人！」老虎好高興。

「等一下，我再試一次……。」小火龍深深吸一口氣，往地上一吐。

咻，一顆火球從她嘴裡飛了出來。

大草原燒了起來。

「失火了！救命啊！」老虎一害怕，砰，變回三隻小狐狸。

小火龍看著三隻小狐狸跑得無影無蹤，聳聳肩，繼續往前走。

Joker

3. 變成一顆石頭有什麼用

「各位觀眾，皇家翼龍消防隊已經提著水桶去撲滅草原上剛剛發生的火災了，至於起火的原因，目前還在調查中，根據附近的監視器拍到的畫面，縱火的嫌疑犯可能是一隻戴墨鏡的老虎……。」

老巫師的便利商店中，火龍媽媽、火龍哥哥和小魔女一起盯著店裡的電視。

「你看！」小魔女指著電視。

電視上刊登的照片角落，老虎的旁邊有一小節火龍的尾巴。

草原衛視NEWS
LIVE
稍早監視器畫面
最新
草原上的火災 目前 警方鎖定 嫌疑犯為一隻戴

「是妹妹！」火龍哥哥張大了眼睛。

「妹妹遇到壞人了！快！你有沒有賣隱形藥水？我們要趕快去暗中保護妹妹！」

「為什麼要暗中保護？」小魔女歪著頭。

「因為我答應妹妹讓她自己去上學，」火龍媽媽說：「如果她發現我們暗中保護她，一定又會大吵大鬧，不肯上學了。這傢伙拗得很。」

「這麼拗，就讓她去吃點苦頭好了。」小魔女說。「而且只是隻老虎，傷不了她的。」

「問題是她完全走錯路了啊！」火龍哥哥喊：「她拿的是往外婆家的地圖，那條路上壞人很多的。」

「我的天啊，怎麼會這樣！」小魔女趕緊蹲下來翻箱倒櫃。

「隱形藥水賣完了。」她說：

「爸爸進城去補貨，還沒回來。不過這裡倒是有一副變形撲克牌。」

「什麼撲克牌？」火龍爸爸揉著肚子，從店裡的洗手間走出來。

「就是可以把你們變成各種東西的撲克牌啊，抽出三張一樣圖案的牌，就可以變成牌面上畫的東西。比方說石頭、大樹、紅綠燈……，這樣你們就不會洩漏身分了。」

「可是變成一顆石頭有什麼用？」火龍哥哥問。

「那就要看你怎麼用囉。」小魔女聳聳肩。

「我們魔法學校的老師說創意比魔法還重要呢。」

「好吧……。」火龍哥哥抓抓頭。

「有什麼副作用嗎？」

「沒有，不過一旦變形以後，就要一天後才會復原喔。這樣可以嗎？」

「意思就是說，我們只有三次保護妹妹的機會？」

「四次，加上我。」小魔女笑著點點頭，在店門口掛上暫停營業的牌子。

「我和你們一起去。」

「謝謝，那這樣應該沒問題了。」火龍爸爸對哥哥點點頭，哥哥把撲克牌放進口袋裡。「妹妹隨時都會有危險，我們快追！」

4. 為什麼上學這麼難

「學校學校不要跑，學校學校我來了……。」

小火龍一蹦一跳往前走，嘴裡一邊哼著自己編的歌。

前面是一條大河，河面上有一座彎彎的橋。

河邊的草叢裡，三隻小狐狸交頭接耳。

「你們看，那隻小狗又來了！」

「你確定她是小狗嗎？她會噴火耶。」

「不管，這次我們一定可以成功的欺負她！橋上的木板都被我們鋸斷了，她一踩就會掉下去。」

「太好了！這樣我們就可以變成壞人了！」

小火龍一蹦一跳來到河邊，一蹦一跳走上橋，啪，木板裂了。

小火龍一腳踩空，掉下橋去。

砰。河面上一艘綠色的小船，把小火龍接個正著。

「好險好險。」小火龍拍拍胸口。「還好我的運氣不錯。」

綠色的小船載著小火龍靠岸，兩顆眼睛眨呀眨，看著小火龍一蹦一跳的走遠。

「學校學校不要跑，學校學校我來了……。」

小火龍一蹦一跳往山上走，嘴裡一邊哼著歌。

三隻小狐狸躲在山邊交頭接耳。

「嘿嘿嘿，沒想到當壞人這麼容易。」

「對啊，我們只是把路牌轉向，讓她走錯路，走到火山上而已。」

「這次她慘了。」小狐狸們摀著嘴偷笑。「那座火山就快要爆發了！」

小火龍一蹦一跳來到火山口，拿出書包裡的三明治，坐下來，邊吃邊看風景。

山下的小狐狸們等了又等。「奇怪，火山怎麼還沒噴火？」

火山微微搖晃著、振動著，火山口堵著一顆粉紅色的大石頭。

小火龍吃完三明治，繞著火山口走一圈。

「原來是一座火山呀。還好有這顆奇怪的大石頭，我的運氣真不錯。」她拍拍胸口說。

大石頭兩顆眼睛眨呀眨，看著小火龍一蹦一跳走下山。

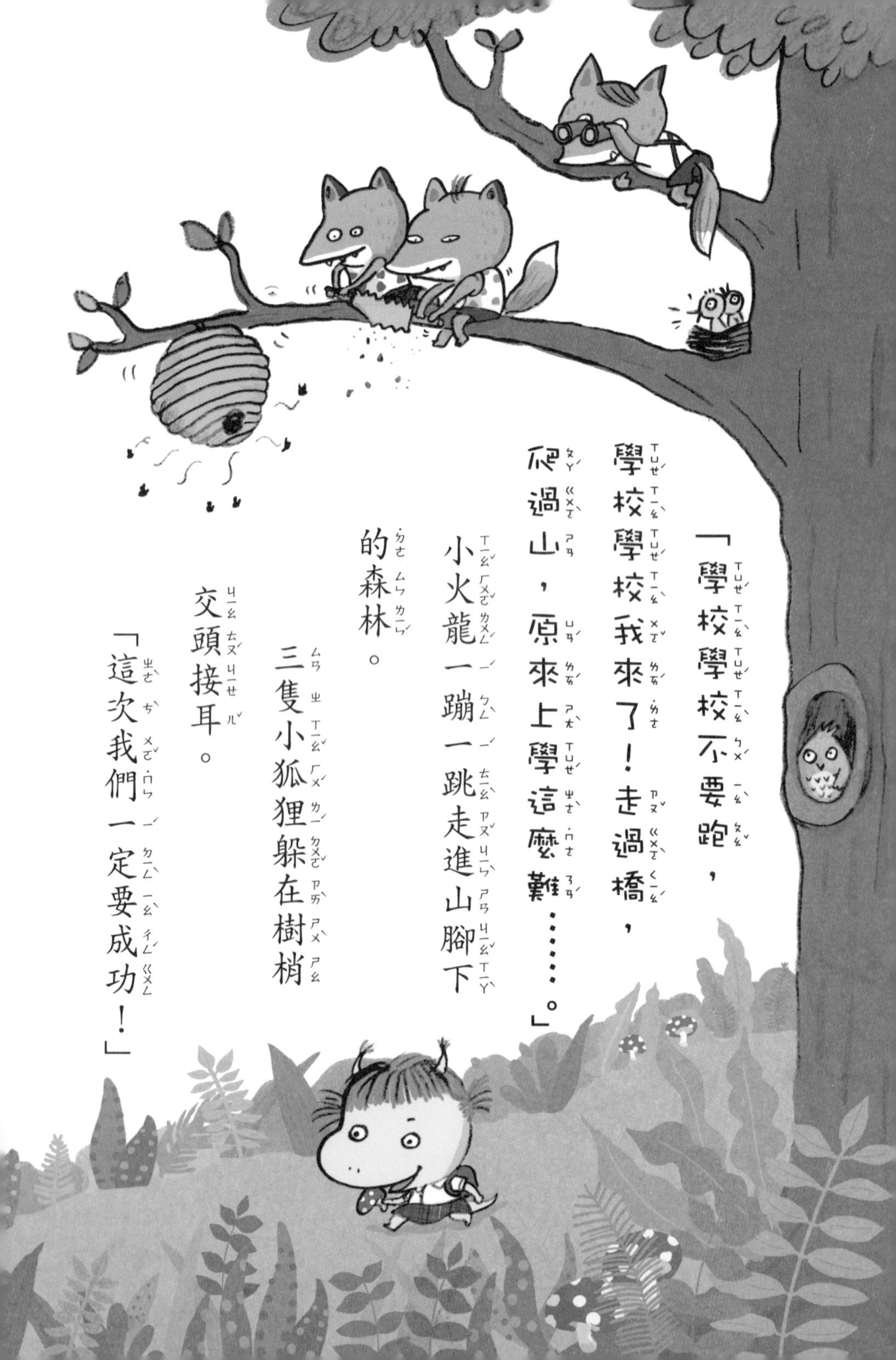

「學校學校不要跑，學校學校我來了！走過橋，爬過山，原來上學這麼難……。」

小火龍一蹦一跳走進山腳下的森林。

三隻小狐狸躲在樹梢交頭接耳。

「這次我們一定要成功！」

「準備好了嗎？」

「一！二！三！」

三隻小狐狸拿著鋸子鋸斷樹枝。

樹枝上有個大蜂窩，砰！蜂窩掉在小火龍腳邊，密密麻麻的大黃蜂撲向小火龍。

「哇！」小火龍跳了起來，拔腿就跑。

黃蜂群好像一朵黑雲，嗡嗡嗡的追在她背後。

小火龍跑呀跑，大黃蜂追呀追，眼看就要追上她的尾巴，前方森林中，出現一棟藍色的小木屋。

小火龍衝進屋裡，
砰，關上門。
「好險好險。」小火龍上氣不接下氣，看著玻璃窗外的蜜蜂慢慢散去。
「我的運氣還真不錯！」

小木屋裡有一張小床，小火龍睡了一會兒，伸伸懶腰，打開門，繼續上學去了。

她完全沒看到小床邊的那張小紙條：「妹妹，你拿錯地圖了，快往回走！父留。」

小木屋眨著眼，看著小火龍一蹦一跳走出森林。

森林外，是一片美麗的沙灘。

小火龍看著大海，呆住了。她從來沒有來過海邊。

「萬歲！」小火龍在沙灘上打滾。「原來大海這麼美！」

閃閃發亮的海面上，一艘大船慢慢靠岸。

「渡船來了！」小火龍拿出地圖。「地圖上說要搭船到小島上，哎，上學還真難。」

小火龍踩著沙子往大船走，沙灘上忽然出現一座電話亭。

叮鈴鈴！電話響了。

四周都沒人，小火龍只好走進去接電話。「喂？」

「小火龍！你走錯路了！」話筒裡的聲音大喊。

「哈哈！小魔女姐姐嗎？」小火龍好開心。

「你怎麼知道我在這裡？」

「小火龍！快回頭！」

「回頭？你在我背後嗎？」小火龍回頭看著大海。「沒有啊。」

「傻瓜！我是叫你往回走！」小魔女說：「千萬別上船！不然就麻煩大了！」

「不用擔心，」小火龍笑著說：「我運氣很好，不會有麻煩的。」

「才不是你運氣好！」小魔女喊：「是你爸媽和哥哥一直在暗中保護你！他們用我店裡的魔法撲克牌把自己變成小船、石頭和木屋，你才能夠安全走到這裡！」

「嘖，原來是他們啊，難怪看起來很面熟。」小火龍皺起眉頭。

「不是叫他們不要跟來的嗎？我一定可以自己走到學校的。不聊了，我再不去上學，就要放學了。」

咚，小火龍把電話掛了，一蹦一跳往大船走去。

「這個傻瓜……。」電話亭兩顆眼睛眨呀眨，看著小火龍跳上船。

大船起錨了，向著海平線開去。

大船開到了一片茫茫大海上，然後把渡船的旗幟降下來，換成一面海盜旗。

小火龍張大了眼睛。

「怎麼會是海盜船？」她看看海盜旗，又看看茫茫的大海，然後對自己說：「沒關係，爸媽和哥哥一定會暗中保護我的。」

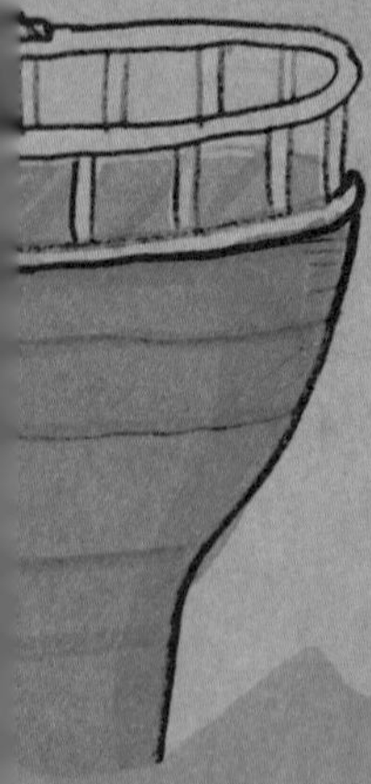

5. 怎麼會是海盜船

假裝成渡船的海盜船上，三個海盜躲在陰暗的角落。

「你們看！一隻小火龍！賣到馬戲團的話，可以賣個好價錢。」

「可是怎麼下手才好？火龍可是會噴火的。」

「下毒？」

「好主意！」

「小心，別把她毒死了。」

「我知道，讓她上吐下瀉、虛弱無力就可以了……。」

第一個海盜笑咪咪的拿著毒蘋果去給小火龍，小火龍開開心心的吃掉了。

過了一個鐘頭……。

「她怎麼一點事也沒有？」

第二個海盜又笑咪咪的拿了毒飯糰走過去，小火龍也大口大口的吃完了。

又過了一個鐘頭……。

「她的腸胃是什麼做的？」

第三個海盜走向小火龍，這次他拿的是一個毒麻糬。

「原來海盜人這麼好，可是我實在吃不下了……。」小火龍把麻糬收進書包，躺下來，打個大大的呵欠。「先睡一下吧，上學實在太累人了。」

海盜們聽到小火龍的呼聲，歡呼了起來。

「她昏過去了！」他們互相擊掌。

「趁現在！快撒網！」

一張大網子從天而降，把海盜們統統罩住。

「怎麼會是這樣！」他們抬頭往上看。「誰撒的網！」

一隻戴墨鏡的老虎站在桅杆上大吼一聲：「不准你們欺負小狗，

只有我能欺負她！」

「老虎？」網子底下的海盜

你看看我，我看看你。

「什麼時候跑上船來的？」

「不過，老虎皮應該可以賣不少錢吧？」

「是啊，這下發財了！」

咻咻咻，海盜們拔刀，兩三下就把網子砍成碎片。

老虎嚇了一跳，一害怕，砰，就又變回三隻小狐狸，從桅杆上摔了下來。

「原來是會變身術的狐狸。」海盜們一人一隻，把三隻狐狸拎起來，綁在桅杆上。

「放開他們！」小火龍被吵醒了。「他們是我的朋友！」

「除非你乖乖束手就擒。」

海盜們舉起刀向小火龍慢慢逼近。

「不然我們就有毛皮大衣穿了。」

小狐狸們嚇得發抖。

「別怕，」小火龍挺起胸膛說：「我爸媽和哥哥一直都在暗中保護我，他們應該就躲在附近，很快就會現身了！」

「你爸你媽？」

海盜們東張西望，但是四周只有茫茫大海。

呼，一陣風吹來。海盜們抬頭，看見一道陰影掠過他們頭頂。

咻！咻！咻！三支飛鏢朝他們射過來。

「哇！」海盜們嚇得在甲板上滾了三圈，才躲過飛鏢。

一位穿黑衣戴面罩的忍者，乘著滑翔翼，輕巧的降落在甲板上。

忍者的背後，露出一小截火龍的尾巴。

「是我爸！我爸用魔法變成忍者來救我了！」小火龍歡呼。

「我才不是你爸。」忍者說，一個飛踢，撲通，第一個海盜飛進海裡。

「我知道了，是媽媽！」小火龍歡呼。

「我才不是你媽。」忍者說，尾巴一掃，撲通，第二個海盜飛進海裡。

「那，難道是哥哥嗎？」

小火龍歪著頭。

「我才不是你哥。」忍者說，呼的一拳，第三個海盜在甲板上滾了三圈，撲通，也掉進海裡。

「那你是誰？」小火龍跑上前。

「別吵，你沒看見我在忙嗎？」

忍者的確很忙，一會兒扔救生圈給海盜，一會兒跑去調整風帆的方向，一會兒又跑去駕駛臺掌舵。

「你到底是誰呀？」小火龍低頭偷看他面罩底下的臉。

忍者扯下面罩。

小火龍張大了眼，連嘴巴也合不攏。

「外婆？」

「虧你還記得我。」

小火龍的外婆笑著轉動方向盤，讓大船朝著海平線上的小島全速前進。

6. 為什麼大人總是喜歡擔心呢

暖暖
的海風吹
拂著，椰子
樹款款的搖曳
著，小島上美麗
的港口邊，大船慢慢
靠岸。小火龍牽著三隻小狐狸
小心翼翼踩過木板，跳上岸，

一回頭，只見外婆一個後空翻，咻，也跳上了岸。

小狐狸們看傻了眼。

「外婆，你的功夫還是這麼好！」小火龍鼓掌。

「別拍馬屁。」

「外婆，我知道你雖然總是凶巴巴，但你心裡是愛我的。」

「誰說的？」

「媽說的。」

「哼，你這不知天高地厚的小子，」外婆指著小火龍鼻子說：「要不是你媽打電話來求我，說你往我這兒來了，我才懶得來救你呢，累死我了。」

「你怎麼知道我在海盜船上？」

「你這傻子多半會坐錯船。那些海盜騙了不少人，也該被教訓教訓了。」

假渡輪
真海盜
忍者魂
外婆家
学校
上学了!

「外婆，你知道學校在哪裡嗎？我要趕快去上學了。」小火龍說。

「傻孩子，天都快黑了，你還沒發現走錯路了嗎？」

「可是地圖上……。」

外婆把地圖一把搶過來。

「看清楚，這裡寫著：去外婆家的地圖。」外婆敲敲小火龍的額頭。

「喔，原來如此。」小火龍笑了。「難怪走了一天還沒走到。」

外婆帶著小火龍和小狐狸們走進村子裡，回到外婆家，換下忍者服，生起爐火。

「天黑了，今晚就住這兒吧。」

「謝謝外婆！好久沒來外婆家玩了。」小火龍轉頭對三隻小狐狸說：「我外婆人很好吧？」

「謝謝外婆。」小狐狸們怯生生的說。

「這三個傢伙是你朋友？」外婆一邊煮湯，一邊凶巴巴的問。

「他們是我的救命恩人。」小火龍笑著說。

「我們才不是要救你呢！」第一隻小狐狸說。

「對啊，我們只是想說，難得找到可以欺負的人，如果你被捉走了，我們就沒有人可以欺負了，所以才這樣做。」第二隻小狐狸說。

「對啊，我們其實是壞人！」第三隻小狐狸說。

「為什麼你們那麼想當壞人啊？」小火龍問。

「不知道，我也忘了。」第一隻小狐狸說。

「我也忘了。」第二隻說。

「啊，我想起來了，」

第三隻說：

「當壞人我們就可以欺負別人，而不是一天到晚被人欺負。我們是因為在學校一直被欺負，才逃學跑出來的。」

「那明天你們跟我去上學好了，我可以在學校裡面保護你們。」小火龍說。

「才不要，被小狗保護會被笑！」三隻小狐狸異口同聲說。

「哈哈，我不是小狗啦，我是小火龍喔！」

三隻小狐狸都愣住了。

就連凶巴巴的外婆也差點噗哧笑出來，她努力忍住笑，把熱湯和熱菜一樣樣端上桌。

「我看你們幾個傻孩子就留在這村子裡的學校上學吧，」外婆說：「外婆在學校裡教功夫課，以後教你們幾招，你們就不會到處被欺負了。」

「好哇！」小火龍跳起來，又坐下。

「可是爸媽……。」

「我晚點會打電話跟他們說。」外婆幫大家舀湯。

「萬歲！」小火龍跑去抱住外婆。「外婆，我帶了你最愛吃的麻糬給你吃！」

小火龍拿出書包裡的麻糬，放在桌上。

外婆眼睛一亮，那是她最喜歡的紅豆麻糬。

「哼，看不出來你還挺有孝心的。」外婆拿起麻糬，終於露出了沒有牙齒的笑容。

第二天早上，小火龍和小狐狸們起床，東看看，西看看，外婆不見了。

「外婆？」她推開浴室門。

外婆抱著肚子蹲在馬桶上。

「外婆您怎麼了？」

「你昨晚給我吃的是什麼？」外婆顫抖著問。

「海盜給的麻糬啊。」

「什麼？海盜給的……。」

「外婆你消化不太好，以後不要再吃甜食了。」小火龍說：「那我自己去上學好了，拜拜。」

「喂！你別亂跑！」外婆急忙喊。

「別再讓人擔心了！」

沒有回音。

只傳來一聲關門聲，砰。

小火龍已經帶著三隻小狐狸跑出去了。

「為什麼大人總是喜歡擔心呢？」小火龍一蹦一跳的走在美麗的小島上。「這小島這麼小，我的運氣這麼好，一定可以找到學校的。」

天空好寬、好廣，海好藍、好亮，風吹起來好舒服，暖洋洋。

「學校，我們來了！」

小火龍和他的新朋友們，在海邊快樂的奔跑了起來。

作者的話

在一個夜黑風高的晚上……

在童書作家哲也住的老公寓裡，一切都安安靜靜的。

小貓靜靜的。

小狗靜靜的。

盆栽靜靜的。

電視靜靜的。

既沒有寫稿的聲音，也沒有絞盡腦汁抓頭髮的聲音，也沒有一直打開冰箱看有什麼好吃東西的聲音，也沒有偷看漫畫嘻嘻笑的聲音。

總之，一切都靜靜的。

只傳來哲也趴在書桌上的均勻呼聲。

這時候，一聲尖銳的電話聲，打破了寧靜。

哲也用顫抖的手接起電話。「喂？」

「哲也嗎？」

「臣在。」

「我是小火龍的外婆。」

「太好了，我還以為是編輯小姐呢。不過，我從來沒寫過小火龍有外婆啊。」

「就是因為你從來不把我寫進去，所以，我才來提醒你，聽說你在寫新的小火龍故事，寫得怎麼樣了？」

「寫得很順利啊。」哲也看著空白的電腦螢幕說。

「別忘了把我寫進去啊，外婆很好畫，比棒球和賽車都好畫多了，這次水腦一定會很感謝你的。」

「如果我偏不寫呢？」

咻，一枚飛鏢從窗外飛了進來。哲也伸出兩指一夾，沒夾住。

哲也拔出額頭上的飛鏢，塗一塗面速力達母。

「我寫就是了嘛。」他走到電腦前，開始打字。

然後一切又都回歸寂靜。

小貓靜靜的。

小狗靜靜的。

只傳來哲也坐在書桌前努力寫稿的令人欣慰的聲音。

但是這聲音只維持了十五分鐘。

沒多久，又傳來均勻的呼聲。

番外的番外篇

嘖！因為你把我的頁數用光了啊！
搖
唔？水腦？你怎麼來了？
這次沒有棒球也沒有車子，很好畫吧？
即使如此，還是畫得很認真嘛♥
不～不管怎樣 你寫的故事沒有好畫過……這次寫那個什麼海盜船的又是在整我吧！？
試畫800艘船～
交通工具類的都很不拿手.

閱讀123